EL RULETISTA

IMPEDIMENTA NARRATIVA, 41

MIRCEA CĂRTĂRESCU
EL RULETISTA

Traducción del rumano y prefacio de
Marian Ochoa de Eribe Urdinguio

IMPEDIMENTA

Título original: *Ruletistul*

Primera edición en Impedimenta: octubre de 2010
Octava reimpresión: mayo de 2025

Copyright © Mircea Cărtărescu, 1993
Copyright de la traducción © Marian Ochoa de Eribe Urdinguio, 2010
Imagen de cubierta: *Joven victoriano* (Fuente anónima, circa 1890)
Copyright de la presente edición © Editorial Impedimenta, 2010
Juan Álvarez Mendizábal, 27. 28008 Madrid

IMPEDIMENTA
Premio TodosTusLibros al Mejor Proyecto Editorial, 2024,
otorgado por CEGAL (Confederación Española de Gremios
y Asociaciones de Libreros)

http://www.impedimenta.es

ISBN: 978-84-15130-04-8
Depósito Legal: S. 1237-2010
IBIC: FA

Impresión: Kadmos
P. I. El Tormes. Río Ubierna 12-14. 37003 Salamanca

Impreso en España en papel 100% procedente de bosques gestionados de acuerdo con criterios de sostenibilidad.

Cualquier forma de reproducción, distribución, comunicación pública o transformación de esta obra solo puede ser realizada con autorización de sus titulares, salvo excepción prevista por la ley. Diríjase a CEDRO (Centro Español de Derechos Reprográficos, www.cedro.org) si necesita fotocopiar o escanear algún fragmento de esta obra.

CĂRTĂRESCU, «ENFANT TERRIBLE» DE LA LITERATURA RUMANA

POR MARIAN OCHOA DE ERIBE URDINGUIO

Autor imprescindible para unos, objeto de la ira implacable de otros y candidato al Nobel de Literatura en los círculos internacionales, lo cierto es que la producción literaria de Mircea Cărtărescu no deja indiferentes a los lectores, a los críticos ni a los intelectuales de su país. Cărtărescu nació en Bucarest en 1956, estudió en la Facultad de Letras de la capital y se convirtió, desde bien temprano, en líder de opinión entre los jóvenes poetas que frecuentaban el *Cenáculo del lunes*, a cargo por aquel entonces del prestigioso profesor y crítico literario Nicolae Manolescu. Marcado profundamente por esa experiencia, nunca ha dejado de repetir —tal y como recuerda Alexandru Ştefanescu en su recientemente publicada *Istoria Literaturii Române Contemporane*— que los años de estudiante universitario constituyen su «estado espiritual» predilecto. Desde 1989, Mircea Cărtărescu es profesor de la misma Facultad de Letras de Bucarest, ha coordinado un selecto taller de escritura del que han salido algunos de los jóvenes autores más interesantes del momento y participa como profesor invitado en las más prestigiosas universidades europeas.

Su actividad literaria nace en el ámbito de la poesía y se ve bendecida por el éxito temprano: su primer libro de poemas, *Faruri, vitrine, fotografii* (*Faros, escaparates, fotografías*, 1980), obtiene el premio al mejor autor novel por parte de la Unión de Escritores de Rumania. Tras dos incursiones más en el mundo de la poesía, Cărtărescu publica su primer volumen de prosa titulado *Visul (El sueño)*, en 1989, tan sólo dos meses antes del estallido de la revolución que acabó con la dictadura de Nicolae Ceauşescu. Era precisamente «El Ruletista» —el cuento que aquí presentamos—, el que abría la serie de historias interrelacionadas que lo componían. Sin embargo, este relato no superó el control de la censura comunista que lo consideró demasiado violento (el texto llegó incluso a pasar por las manos del presidente de la Unión de Escritores) y el autor se vio obligado a renunciar a él y a aceptar la mutilación de parte de los otros relatos.

Antes de la larga peripecia por salir a la luz, las diferentes historias que lo componían fueron leídas íntegramente en las sesiones del cenáculo estudiantil *Junimea (Juventud)*, dirigido por Ovid Crohmalniceanu. Su lectura cosechó un éxito sin precedentes entre un público entregado que abarrotaba la sala. Hubo que esperar, sin embargo, hasta 1993 para ver publicado *El sueño* en su totalidad, esta vez bajo el título original de *Nostalgia* —un título que tampoco había sido del gusto de los censores comunistas y que, en realidad, estaba inspirado en la película del mismo nombre del director ruso Andrei Tarkovsky—. A éste le siguieron *Travesti* (1994), *Orbitor (Cegador)*, *Enciclopedia Zmeilor* (*La enciclopedia de los dragones*, 2002), *De ce iubim femeile (Por qué nos gustan las mujeres)*...

¿Dónde se encuadra la obra de Mircea Cărtărescu en el contexto literario de su país? Analizada en su conjunto, la evolución de la literatura rumana del siglo XX está profundamente marcada por la convulsa historia del país. En los años 80, cuando arranca la trayectoria artística del autor, es el Partido —a través de sus diversas instancias interpuestas— el que controla férreamente la actividad literaria, el que fija, en última instancia, el canon literario y decide qué artistas reúnen el perfil adecuado para formar parte del mismo. ¡No se puede olvidar, por increíble que pueda resultarle al lector de hoy en día, que los rumanos estaban obligados a declarar en la policía la posesión de una simple máquina de escribir! Y tampoco es de extrañar, por tanto, que Cărtărescu hable de la naturaleza anormal de gran parte de la literatura rumana de los años 60 y 70.

En ese entorno artístico sometido a la escrupulosa labor de los censores irrumpe la generación en la que se incluye al joven Cărtărescu: se trata de un colectivo de jóvenes autores que aspiran a romper con el lenguaje literario de las generaciones precedentes. Así, no dudan en buscar sus referentes inmediatos en la literatura norteamericana antes que en la europea y seguir la estela de Allen Ginsberg, John Ashbery o Frank O'Hara. Ese movimiento ha sido calificado como «textualismo», «ochentismo» o «lunedismo», pero es la etiqueta de *Postmodernismo* la que más éxito ha cosechado entre los críticos. ¿Hasta qué punto podemos calificar de postmoderna la obra de Cărtărescu? O, más apropiadamente aún, ¿de qué hablamos cuando hablamos del postmodernismo en la literatura rumana? Como el propio autor señala en una reciente entrevista, la «Generación de los 80» no fue otra cosa que el resultado del esfuerzo por acompasar la literatura rumana con la literatura del momento y por enlazarla, a su vez, con la gran generación de los vanguardistas rumanos anteriores a la II Guerra Mundial. Cabe recordar aquí que Rumania es la patria de algunos de los más importantes renovadores del lenguaje literario del siglo XX: nos referimos a Tristan Tzara, al inmenso Urmuz o al padre del teatro del absurdo, Eugène Ionesco A tenor de este planteamiento, más que de *Postmodernismo* habría que hablar de autores *Neovanguardistas*. Los autores de esa generación, con Cărtărescu a la cabeza, cultivan con frenesí el mismo narcisismo mimado por la vida urbana o el mismo espíritu lúdico, exaltado y pueril de sus predecesores vanguardistas.

En la obra de Mircea Cărtărescu —y el relato que aquí nos ocupa es un acabado ejemplo— late con fuerza, junto a esa vena postmoderna o neovanguardista que acabamos de definir, otra vena que la entronca en una tradición propia y original de la literatura rumana: el *onirismo*. El onirismo como fenómeno literario surgió con fuerza en Rumania finales de los años 60, a pesar de que el régimen comunista persiguió con saña a los poetas y autores oníricos que mostraban la osadía de expresarse en un lenguaje literario que escapaba al control ideológico y que daba prueba —sin duda lo más grave— de una vigorosa libertad interior. Quizá el caso más representativo de esa persecución impenitente sea el del escritor Dumitru Țepeneag, al que Ceaușescu retiró la nacionalidad rumana y convirtió en un apátrida obligado a pedir asilo político en Francia. Los escritores oníricos recurren al sueño de forma diferente a como lo habían hecho los surrealistas. Para ellos, el sueño no es un simple proveedor de imágenes sino todo un modelo compositivo. La obra narrativa de Cărtărescu bebe de ese mismo filón onírico y está profundamente marcada por la presencia de los sueños, del subconsciente. En palabras del propio autor, «el sueño no es una huida de la realidad, es una parte de la realidad trenzada de forma inseparable con todo lo demás.» Mircea Cărtărescu se sirve de la actividad oscura del subconsciente, provocada por una lucidez exacerbada, para bucear en la cara oculta de la realidad. Y es que es la lucidez extrema, que a veces se confunde con la locura, la única capaz de abrir esa «puerta dibujada en la pared».

En cuanto al magnífico relato que tienen entre manos, «El Ruletista», hay que señalar, en primer lugar, que ilustra de forma admirable las dos coordenadas fundamentales en que se encuadra la obra de Cărtărescu, el postmodernismo y el onirismo. El texto define una poética en que la mímesis trastorna por completo la relación entre lo real y la ficción. En el desvelamiento de las partidas de ruleta rusa, en esa espiral de muerte que sólo puede conducir a la muerte, el autor está de hecho jugando otra partida, una partida estrictamente literaria en la que el lector se ve atrapado como si de una tela de araña se tratara. La literatura se concibe como un juego, como una apuesta extrema en la que la realidad —aquí radica la propuesta genial de Cărtărescu— decide convertirse en ficción, y el narrador se va despojando de lo inmediato a la espera de encerrarse definitivamente en un mundo de ficción, por él construido.

La decisión de mantener el título original del relato, *Ruletistul*, en lugar de una solución más complaciente, obedece al interés por respetar la fuerza del neologismo rumano. No nos encontramos ante un jugador de ruleta al uso, sino ante un narrador que es arrastrado, y nos va a arrastrar, por los vericuetos de un mundo que bordea la locura. Un narrador que, como él mismo no se cansa de repetir, conoció al Ruletista en primera persona.

Marian Ochoa de Eribe Urdinguio

EL RULETISTA

Concede el consuelo de Israel
A uno que tiene ochenta años y no tiene mañana.

Transcribo aquí (¿para qué?) unos versos de Eliot. En cualquier caso, no como posible lema para uno de mis libros, porque yo no voy a escribir nada nunca más. Y si, a pesar de todo, escribo estas líneas, en absoluto las considero literatura. Ya he escrito suficiente literatura, durante sesenta años no he hecho otra cosa, pero permítaseme ahora, al final del final, un momento de lucidez: todo lo que he escrito después de los treinta años no ha sido más que una penosa impostura. Estoy harto de escribir sin la esperanza de poder superarme algún día, de poder saltar más allá de mi propia sombra. Es cierto que, hasta cierto punto, he sido honesto de la única manera en que puede serlo un artista, es decir, he querido contarlo todo sobre mí, absolutamente todo. Pero la ilusión ha sido más amarga si cabe, dado que la literatura no es el medio adecuado para decir algo real sobre uno mismo. Junto con las primeras líneas que despliegas en la página, en esa mano que sujeta la pluma, entra, como en un guante, una mano ajena, burlona, y tu imagen, reflejada en el espejo de las páginas, se escurre en todas direcciones como si fuera azogue, de tal manera que de sus burbujas deformadas cristalizan la Araña o el Gusano o el Fauno o el Unicornio o Dios, cuando de hecho tú solo querías hablar sobre ti. La literatura es teratología.

Desde hace unos cuantos años, duermo mal y sueño con un viejo que enloquece por culpa de la soledad. Únicamente el sueño me refleja de forma realista. Me despierto llorando de soledad, incluso aunque de día me sienta acompañado por aquellos de mis amigos que aún viven. Ya no puedo soportar mi vida, pero el hecho de entrar hoy o mañana en una muerte infinita, me obliga a intentar pensar. Por ello —puesto que tengo que pensar, como aquel que, arrojado en el laberinto, tiene que buscar una salida entre paredes embadurnadas de estiércol, o incluso a través de la boca de una ratonera— y solo por ello, escribo estas líneas. No por demostrar(me) que Dios existe. Desgraciadamente, y a pesar de todos mis esfuerzos, nunca he sido creyente, no he sufrido crisis de fe ni de negación de la fe. Quizá habría sido mejor serlo, porque la escritura exige drama y el drama nace de esa lucha agónica entre la esperanza y la desesperanza, en la que la fe desempeña un papel, me imagino, esencial. En mi juventud, la mitad de los escritores se convertía y la otra mitad perdía la fe, pero en su obra literaria el efecto era más o menos el mismo. ¡Cómo los envidiaba yo por aquel fuego que sus demonios atizaban bajo los calderos en que se regodeaban como artistas! Y mírame ahora, en mi escondrijo, un ovillo de harapos y cartílagos por cuya mente o corazón nadie apostaría, porque a mí nadie puede ya quitarme nada.

Permanezco aquí, en mi sillón, aterrorizado por la idea de que ahí fuera ya no exista nada más que una noche sólida como un infinito témpano de brea, una niebla negra que ha engullido lentamente, a medida que he ido envejeciendo, las ciudades, las casas, las calles, los rostros. Parece que el único sol del universo es la bombilla de la lámpara y lo único que ilumina es el rostro de un anciano, arrugado como un higo.

Cuando yo haya muerto, mi cripta, mi guarida, seguirá flotando en esa niebla negra y sólida, y llevará estas hojas a ninguna parte para que nadie las lea. Pero en ellas está, al fin y al cabo, todo. He escrito varios miles de páginas de literatura —polvo, nada más que polvo—. Intrigas construidas de forma magistral, fantoches con sonrisas galvanizadas, pero, ¿cómo vas a poder decir algo, por poco que sea, en esta inmensa convención que es el arte? Querrías sacudir el corazón del lector pero, ¿qué hace él? A las tres terminas tu libro y a las cuatro empiezas con otro, por muy bueno que sea el libro que tú hayas depositado en sus manos. Sin embargo, estas diez o quince páginas son otra cosa, se trata de un juego diferente. Mi lector de ahora no es otro que la muerte. Veo ya sus ojos negros, húmedos, atentos como los ojos de una adolescente, leer mientras completo una línea tras otra. Estas hojas contienen mi proyecto de inmortalidad.

Digo proyecto, aunque todo —y ese es mi triunfo y mi esperanza— es verdad. Qué extraño: la mayoría de los personajes que pueblan mis libros son inventados pero todo el mundo los ha tomado por copias de la realidad. Apenas ahora he reunido el valor suficiente para escribir sobre un hombre real que vivió mucho tiempo a mi lado pero que, en mi convención artística, habría resultado completamente inverosímil. Ningún lector habría aceptado que en su mundo pudiera vivir, apretujado en el mismo tranvía, respirando el mismo aire, un hombre cuya vida es la demostración matemática de un orden en el que ya nadie cree o en el que cree tan solo porque es absurdo. ¡Pero, ay! El Ruletista no es un sueño, no es la alucinación de un cerebro escleroso ni tampoco una coartada. Ahora, cuando pienso en él, estoy convencido de que también yo conocí a aquel mendigo del final del puente, sobre el que hablaba Rilke, en torno al cual giran todos los mundos.

Así pues, querido nadie, el Ruletista existió. También la ruleta existió. No has oído hablar de ella pero, dime, ¿qué has oído sobre Agartha? Yo viví la época inverosímil de la ruleta, vi cómo se derrumbaban y cómo se amasaban fortunas a la luz feroz de la pólvora. También yo aullé en aquellos sótanos pequeños y lloré de alegría cuando sacaban a un hombre con los sesos reventados. Conocí a grandes magnates de la ruleta, a industriales, a terratenientes, a banqueros que apostaban sumas muchas veces exorbitantes. Durante más de diez años, la ruleta fue el pan y el circo de nuestro sereno infierno. ¿Que no se ha oído ningún rumor sobre ella en los últimos cuarenta años? Piensa un poco, ¿cuántos miles de años han transcurrido desde los misterios griegos? ¿Conoce alguien acaso qué sucedía en realidad en aquellas cavernas? Cuando se trata de sangre, impera el silencio. Todos han callado, tal vez cada uno de los testigos haya dejado a su muerte unos folios tan inútiles como estos, a los que seguirá, con un dedo esquelético, solo la muerte. La muerte individual de cada uno, el gemelo negro que nació junto con él.

El hombre sobre el que escribo aquí tenía un nombre cualquiera que todo el mundo olvidó porque, al poco tiempo, ya era conocido como «el Ruletista». Al decir «el Ruletista» se referían solo a él, aunque ruletistas hubiera bastantes. Lo recuerdo con nitidez: una figura hosca, un rostro triangular sobre un cuello largo, pálido y delgado, de piel seca y cabellos rojizos. Ojos de mono amargado, asimétricos, creo que de diferente tamaño. Causaba una cierta impresión de desaliño, de suciedad. Ese mismo aspecto presentaba tanto con sus harapos de la granja como con los esmóquines que vestiría más adelante. ¡Dios mío, qué tentado estoy de escribir una hagiografía, de arrojar una luz transfinita sobre su rostro y de ponerle fuego en la mirada! Pero tengo que apretar los dientes y tragarme estos tics miserables. El Ruletista tenía una cara sombría, como de campesino pudiente, con la mitad de los dientes de metal y la otra mitad de carbón. Desde que lo conocí y hasta el día de su muerte (por culpa de un revólver, pero no de un balazo) presentó siempre el mismo aspecto. Y, sin embargo, ha sido el único hombre al que le fue concedido vislumbrar al infinito Dios matemático y luchar cuerpo a cuerpo con él.

No es mérito mío el haberlo conocido y poder escribir sobre él. Podría construir, únicamente con su figura ante mis ojos, todo un andamio enormemente ramificado, una Babel de papel, un *Bildungsroman* de mil páginas, en el que yo, un humilde Serenus Zeitblom,* seguiría con el corazón en un puño la demonización progresiva del nuevo Adrian. ¿Y después? Incluso aunque —algo muy poco probable— consiguiera crear lo que no he creado en sesenta años de trabajo —una obra maestra—, me pregunto para qué... Para mi objetivo final, para mi gran apuesta (junto a la cual todas las obras maestras del mundo no son más

---

* Personaje, junto con Adrian, de la novela *Doctor Fausto*, de Thomas Mann. *(Nota de la traductora.)*

que polvo de clepsidra), es suficiente con hilvanar en tres líneas las etapas de la vida larvaria de un psicópata: el niño brutal, de rostro sombrío, que corta insectos en pedacitos y mata pájaros a pedradas, obsesionado por el juego de canicas y el lanzamiento de herradura (lo recuerdo perdiendo, perdiendo siempre dinero, canicas, botones y peleándose luego con desesperación); el adolescente con arrebatos de furia epiléptica y un apetito erótico exacerbado; el preso condenado por violación y robo. Creo que el único «amigo» que tuvo en toda esta tortuosa etapa de su vida fui yo, tal vez porque nos conocíamos desde niños dado que nuestros padres eran vecinos. En cualquier caso, nunca me pegó y me miraba con menos recelo que a los demás, quienesquiera que fueran. Lo visité también en varias ocasiones —me acuerdo— en la cárcel, donde, en el frío verdoso del locutorio, se quejaba todo el tiempo, lanzando unos horribles juramentos, de la mala suerte que tenía en el póquer y me pedía dinero. Casi lloraba por la humillación de perder siempre, de no ser capaz de quedarse con el dinero de los demás en ninguna de las miles de manos que jugaba. Permanecía allí, paralizado sobre el banco verde: un tipo insignificante con los ojos enrojecidos por la conjuntivitis.

No, me resulta imposible hablar sobre él de forma realista. ¿Cómo voy a describir con realismo una parábola viva? Cualquier artificio, cualquier giro o automatismo estilístico que suene a prosa, me horroriza. Tengo que señalar que, tras abandonar la cárcel, se dio a la bebida y que en un año se degradó muchísimo. No tenía trabajo y los únicos lugares donde podías estar seguro de encontrarlo eran algunas tascas de mala muerte donde creo que, además, también dormía. Lo veías pasear de mesa en mesa, vestido con ese estilo inconfundible de los borrachos (una chaqueta directamente sobre la piel y el dobladillo de los pantalones barriendo la acera), pedir que lo invitaran a una jarra de cerveza. Asistí muchas veces a aquella farsa siniestra, para mí dolorosa pero al mismo tiempo divertida, a que lo sometían de vez en cuando algunos parroquianos de la taberna: le hacían venir a su mesa y le decían que conseguiría la cerveza si sacaba el palillo más largo de las dos cerillas que tenían en el puño. Y se morían de risa cuando sacaba siempre el palillo más corto. Nunca —estoy completamente seguro— se «ganó» una cerveza de esta forma.

Más o menos por aquel entonces aparecieron mis primeros relatos en algunas revistas y, poco tiempo después, mi primer volumen de cuentos, que considero, aún hoy, lo mejor que he hecho nunca. En aquella época era feliz con cada línea que escribía, sentía que competía no con los escritores de mi generación, sino con los grandes escritores del mundo. Penetré, poco a poco, en la conciencia del público y del mundillo literario, fui adulado y vituperado a partes iguales. Me casé por primera vez y sentí, en fin, que estaba vivo. Pero esto me resultó fatal porque la escritura no va habitualmente de la mano de la riqueza ni de la felicidad. Ya me había olvidado, por supuesto, de mi amigo, cuando lo volví a encontrar unos años más tarde en un lugar de lo más inverosímil tratándose de él: en un restaurante del centro, bajo la luz tenue, alucinada, de los brazos de unos candelabros con prismas irisados. Hablaba tranquilamente con mi esposa mientras paseaba la mirada por la sala cuando un grupo de hombres de negocios, sentados en torno a una mesa colmada de forma ostentosa, atrajo de repente mi atención. En medio de ellos, y centro de sus miradas, se encontraba él, con su rostro alargado y enjuto, vestido de tiros largos pero con su eterno aspecto de granuja de ojos apagados. Permanecía recostado con gesto de hastío mientras los demás charloteaban con una animación no exenta de zafiedad.

Siempre he sentido repulsión ante las mejillas relucientes y los trajes de enterrador indecente con que ese tipo de hombres gusta de hacerse notar. Pero, ciertamente, me sentía en primer lugar contrariado por la inesperada prosperidad material de mi amigo. Me acerqué a su mesa y le tendí la mano. No sé si se alegró de verme, se mostraba impenetrable, pero nos invitó a unirnos a ellos y, a medida que la tarde se adentraba en la noche, entre las muchas banalidades y trivialidades que se fueron ensartando en la conversación, empezaron a abrirse paso palabras pronunciadas al azar, expresiones enigmáticas que los hombres de negocios intercambiaban por encima de aquella mesa abigarrada y ante las que no sabíamos cómo reaccionar. Durante unas cuantas semanas, sentí de pleno el terror de haber vislumbrado, aunque fuera de manera inconsciente, unas perspectivas que se perdían en un espacio distinto a aquel mundo burgués —en definitiva así era, aunque estuviera ligeramente maquillado por los caprichos del arte— en que yo vivía. Más aún: tenía muchas veces, en la calle o incluso en mi despacho, la sensación de ser vigilado, de estar controlado por una instancia indefinida que flotaba diluida en el aire como la bruma del crepúsculo. Ahora sé, con toda seguridad, que estaba siendo sometido a un control exhaustivo porque había sido propuesto para comenzar mi noviciado en el mundo subterráneo de la ruleta.

A veces me colma de felicidad la idea de que tal vez Dios no exista. Aquello que unos años antes me parecía un paraíso sangriento (mi vida en esa época se me representa en un *raccourci* verdoso, parecido al Cristo de Mantegna), ahora me resulta un infierno edulcorado por el olvido, pero no menos posible y, por tanto, terrorífico. La primera vez que descendí a aquel sótano, me decían, para insuflarme valor, que solo la primera partida resulta difícil de soportar, que luego el aspecto «anatómico» de la ruleta no solo deja de causarte disgusto, sino que llegas a descubrir en él el auténtico y dulce encanto de ese juego; al que se le cuela en la sangre, añadían, le llega a resultar tan necesario como el vino o las mujeres. La primera noche me vendaron los ojos y me pasearon, de coche en coche, por las principales calles de la ciudad hasta que ya no habría podido decir quién era y, menos aún, dónde me encontraba. Luego me arrastraron por unos pasillos serpenteantes y descendí unos escalones que olían a piedra húmeda y a gato muerto. Por arriba se oía, de vez en cuando, el traqueteo de un tranvía. Me retiraron el pañuelo de los ojos en un sótano débilmente iluminado por unas cuantas velas; allí, bajo el arco de la bóveda, habían colocado, a modo de mesa, unas barricas de arenques y, a modo de sillas, unos cajones pequeños y unos troncos gruesos de madera. Todo ello evocaba un lagar decorado para resultar más ostentosamente rústico. Esa impresión se veía acrecentada por las jarras de madera y los vasos de cerveza de unos diez o quince individuos muy animados y bien vestidos que, sentados alrededor de las barricas, bebían y hablaban entre sí mientras me contemplaban. Por el suelo de adobe pululaban unas cucarachas enormes. Algunas, medio aplastadas por un taconazo, agitaban aún las patitas o una antena. Me senté a la mesa en la que se encontraba también mi amigo el pelirrojo. Ya habían hecho las apuestas y estaban apuntadas con tiza en un pizarrín negro, así que deduje que por el momento tendría que contentarme con ser un mero espectador. Las sumas eran muy altas, muy por encima de todo lo que yo había visto apostar nunca en un juego de azar. En un momento determinado, la animación de los accionistas —iba a descubrir que así se llaman los que apuestan en ese juego— decayó, las bebidas quedaron olvidadas en las jarras y vasos y en aquel ambiente ceniciento empezó a flotar poco a poco un olor agrio a alcohol y a cerveza caliente. Las miradas de los presentes en la cava se deslizaban cada vez con más frecuencia hacia la portezuela. La puerta se abrió al cabo de un rato y en la habitación entró un individuo con un aspecto muy parecido al que presentaba mi amigo de la infancia en su época de máxima decadencia. Tenía los bolsillos de la chaqueta rotos y se sujetaba los pantalones con cuerda de embalar. De su cara, que asomaba arrugada entre unos cabellos desgreñados, solo se podía decir que era la cara de un borracho. Lo empujaba un patrón —ese es el nombre con que se conoce a los que contratan a los ruletistas— con aspecto de camarero, que llevaba bajo el brazo una caja grasienta de madera. El borrachín se subió a un cajón de madera en el que yo no había reparado hasta entonces y allí permaneció, encorvado, con el aire caricaturesco de un campeón olímpico. Los accionistas lo miraban agitados, comentando entre ellos algún detalle del aspecto del tipo del cajón. A uno lo sorprendí santiguándose con discreción. Otro se roía con saña los pellejos de las uñas. Otro le gritaba algo al patrón. Pero el alboroto se cortó en seco cuando el patrón abrió la cajita. Todos estiraban el cuello, hipnotizados, hacia el pequeño objeto negro que brillaba como incrustado de diamantes. Era un revólver de seis balas, bien lubricado. El patrón se lo mostró al público con gestos lentos, casi rituales, como muestra un ilusionista las manos vacías con las que va a realizar milagros. Pasó después la palma por el tambor del revólver para hacerlo girar; se oyó un sonido delicado, punzante como la risa de un gnomo. Depositó el revólver en el suelo y del interior de una cajita de cartón sacó un cartucho, con su camisa de cobre reluciente, y se lo tendió al accionista que tenía más cerca. Este lo examinó por todas partes atento y concentrado; asintió levemente con la cabeza, como contrariado por no haber encontrado ninguna irregularidad, y se lo pasó al siguiente. El cartucho dio la vuelta a la habitación y dejó restos de aceite en los dedos de todos. Yo también lo toqué por un instante. Me esperaba, no sé por qué, que fuera frío como el hielo, o bien que quemara, pero estaba tibio. El cartucho volvió al patrón, quien, con gestos ostentosos, explícitos, lo introdujo en uno de los seis orificios del tambor. Pasó de nuevo la palma por la pieza móvil de metal que giró durante unos cuantos segundos con el mismo sonido agudo, chirriante. Finalmente, con una extraña reverencia, le tendió el arma reluciente al hombre del cajón. En medio de un silencio que te pulverizaba los huesos y en el que, lo recuerdo incluso ahora, lo único que se oía era el pulular de las cucarachas gigantes y el leve sonido de las antenas al rozarse entre sí, el hombre se llevó el revólver a la sien. Me dolían los ojos por culpa de la terrible concentración y de la luz mortecina. De pronto, la silueta del mendigo con el revólver en la sien se descompuso en unas cuantas manchas fosforescentes amarillentas y verdosas. La pintura de la pared blanca que estaba a sus espaldas adquirió un relieve enorme: era capaz de distinguir cada hendidura y cada grano de cal, engrosados como la piel de un viejo, y las marcas azuladas que dejaban en la pared. De repente, en el sótano empezó a oler a almizcle y a sudor. El hombre del cajón, con los ojos apretados y una mueca como si notara un sabor horrible en la boca, apretó violentamente el gatillo.

Sonrió después con un gesto cándido y aturdido. El breve clic del gatillo fue lo único que se dejó oír. Bajó del cajón y se sentó encima, abrumado. El patrón se abalanzó sobre él y casi lo tira al abrazarlo. Los presentes en la habitación, en cambio, empezaron a aullar como locos y a lanzar unos juramentos terribles. Cuando el patrón y su Ruletista salieron por la portezuela, los acompañaron con esos silbidos salvajes que no se escuchan más que en los combates de boxeo.

Casualmente, en la primera partida de ruleta a la que asistí, el ruletista salió indemne. Desde entonces, a lo largo de los años, he asistido a cientos de ruletas y he visto en muchas ocasiones una imagen indescriptible: el cerebro humano, la única sustancia verdaderamente divina, el oro químico donde se encuentra todo, esparcido por las paredes y por el suelo, mezclado con esquirlas de hueso. Piensa en las corridas de toros o en los gladiadores y entenderás por qué ese juego se me coló enseguida en la sangre y cambió mi vida. La ruleta posee, en principio, la simplicidad geométrica y la fuerza de una telaraña: un ruletista, un patrón y unos accionistas son los personajes del drama. Los papeles secundarios se los reparten el dueño de la cava, el policía que está de ronda por los alrededores, los mozos contratados para deshacerse de los cadáveres. Las sumas relativamente insignificantes que la ruleta les aportaba eran, para ellos, verdaderas fortunas. El ruletista es, por supuesto, la estrella del juego y la razón de su existencia. Por regla general, los ruletistas eran reclutados de entre las hordas de infelices necesitados de pan como perros vagabundos, de borrachos o de presidiarios recién liberados. Cualquiera, con tal de estar vivo y de poner su corazón a prueba a cambio de mucho, muchísimo dinero (pero, ¿qué quiere decir «dinero» en estas circunstancias?), podía llegar a ser ruletista. Era asimismo deseable que no tuviera, a ser posible, ningún tipo de vínculo social: familia, trabajo, amigos. El ruletista tiene cinco posibilidades de entre seis de escapar con vida. Recibe habitualmente el diez por ciento de la ganancia del patrón. Este debe disponer de unos fondos sustanciosos porque, en caso de que el ruletista muera, tiene que pagar las apuestas de todos los accionistas que han apostado en su contra. Los accionistas, por su parte, tienen una posibilidad entre seis de ganar pero, si el Ruletista muere, pueden reclamar su apuesta multiplicada por diez, o incluso por veinte, según el acuerdo establecido previamente con el patrón. Sin embargo, el ruletista solo tenía cinco posibilidades entre seis de salvarse en la primera partida. Según el cálculo de probabilidades, si volvía a llevarse la pistola a la sien, sus posibilidades disminuían. En el sexto intento, esas posibilidades se reducían a cero. De hecho, hasta que mi amigo entró en el mundo de la ruleta, en el que llegaría a convertirse en el Ruletista con mayúscula, no se conocían casos de supervivencia ni siquiera tras cuatro intentos. La mayoría de los ruletistas lo eran, por supuesto, de forma ocasional, y no volverían a repetir esa terrible experiencia por nada en el mundo. Solo unos pocos se sentían atraídos por la perspectiva de ganar mucho dinero; aspiraban a contratar ellos mismos a otro ruletista y convertirse así, a su vez, en patrones, algo que podía suceder ya con la segunda partida.

No tiene sentido continuar aquí con la descripción del juego. Es tan estúpido y atractivo como cualquier otro, aunque con la aureola, es cierto, de esa pizca de sangre que resulta del gusto de nuestra infamia. Vuelvo a aquel que acabó con el juego porque lo jugó a la perfección. A tenor de la leyenda que circulaba en aquella época en todas las tabernas de la ciudad, él no fue captado por un patrón sino que oyó hablar de la ruleta y fue él solito a venderse. Imagino que el patrón que lo contrató después estuvo encantado de hacerse con un ruletista de una manera tan sencilla, ya que habitualmente el proceso era largo e irritante, con penosos regateos con aquellos que sacaban su alma a subasta. Al principio, cualquier vagabundo pedía la luna y hacía falta mucha pericia para convencerle de que su vida y su sangre no valían el universo entero sino tan solo un cierto número de billetes en función de la demanda del mercado. Un ruletista al que no fuera necesario convencer de que, de hecho, era un don nadie o al que no hubiera que amenazar con llamar a la policía, constituía un golpe de suerte inesperado, sobre todo si ese ruletista aceptaba sin rechistar la primera cantidad, propuesta por el patrón con la boca pequeña y la mirada huidiza. Sobre aquellas primeras ruletas en las que participó mi amigo no he podido averiguar gran cosa. Supongo que los accionistas apenas se fijaron en él cuando escapó con vida la primera o la segunda vez, puede incluso que la tercera. Fue considerado, como mucho, un ruletista afortunado. Pero después de la cuarta y de la quinta, se convirtió en la figura central del juego, un verdadero mito llamado a alcanzar proporciones gigantescas en los años posteriores. Durante dos años, hasta nuestro reencuentro en el restaurante, el Ruletista se había llevado el revólver a la sien en ocho ocasiones, por diferentes sótanos del sucio laberinto de los cimientos de nuestra ciudad. Me contaron (y más adelante pude convencerme por mí mismo) que cada una de las veces, en su rostro torturado, de frente estrechísima, asomaba una abrumadora expresión de espanto, un pánico animal que resultaba insoportable para los espectadores. Era como si ese miedo reduplicara su suerte y le ayudara a escapar con vida. Su tensión emocional llegaba al punto culminante cuando apretaba bruscamente el gatillo con los ojos cerrados y una mueca sarcástica en los labios. Se oía un breve clic e, inmediatamente después, su cuerpo de huesos pesados caía blandamente al suelo, desmayado pero ileso. Permanecía unos días postrado en cama, exhausto, pero luego se recuperaba rápidamente y retomaba su vida cotidiana, que se repartía entre el cabaret y el burdel. Tenía poca imaginación y, por mucho que se esforzara, no conseguía gastar todo lo que ganaba, así que cada vez era más rico. Se había librado hacía tiempo de la mediación del patrón y se había convertido él mismo en su propio patrón. Era un enigma que siguiera arriesgándose. Solo cabía una explicación posible, pero únicamente Dios sabrá qué había de cierto en ella: que lo hiciera por alcanzar un cierto grado de gloria, como un deportista que intenta superarse en cada carrera. Si eso fuera verdad, sería algo completamente nuevo en el mundo de la ruleta, donde se jugaba exclusivamente por dinero. ¿A quién se le iba a pasar por la cabeza convertirse en una especie de campeón mundial de la supervivencia? Pero lo cierto es que el Ruletista conseguía, por el momento, mantener ese ritmo demencial en una carrera en la que solo había otro concursante: la muerte. Y precisamente en el momento en que esa cabalgada clandestina parecía hundirse en la monotonía (los que venían a presenciar las ruletas de mi amigo no lo hacían por apostar sino por el deseo de ver cómo perdía de una vez por todas, y es que tenían el sentimiento, cada vez más resignado, de que estaban apostando contra el diablo), el Ruletista hizo un primer gesto de desafío que prácticamente acabó con la ruleta porque pulverizó cualquier otra competición que no fuera entre él y aquello que supera nuestra pobre condición. En el invierno de aquel año anunció, a través del sistema de información inefable, seguro y rápido del mundo de la ruleta, que organizaría en Navidad una ruleta especial: el revólver tendría *dos* cartuchos en el tambor en vez de uno solo.

Las posibilidades de salvarse eran ahora de una entre tres, eso sin tener en cuenta la reducción progresiva de las posibilidades al cabo de tantas partidas. Muchos entendidos seguían pensando, incluso después de la muerte del Ruletista, que esa ruleta de Navidad fue de hecho su golpe maestro y que todo lo que vino luego, aunque más espectacular, fue tan solo la consecuencia de ese gesto. Yo estuve presente en la ruleta de Navidad. El sótano pertenecía a una destilería de coñac y conservaba el químico olor a la bebida de mala calidad. Aunque la sala era la más grande de las que yo había visto hasta ese momento, aquella noche estaba llena a rebosar. Miraras donde miraras te encontrabas con rostros conocidos: militares y pintores, unos cuantos sacerdotes barbudos, industriales y mujeres mundanas, todos ellos sobreexcitados por la inesperada innovación en el juego de la ruleta rusa. La pizarra sobre la que dos jóvenes en mangas de camisa apuntaban las apuestas ocupaba toda la pared detrás del cajón al que tenía que subirse el Ruletista. Este apareció al cabo de un rato, apenas visible a través del humo azulado de la cava. Subió al cajón y, después del ceremonial de la verificación minuciosa del arma y de los cartuchos —que duró mucho más de lo habitual porque nadie quería renunciar al placer de acariciar de forma casi voluptuosa el cañón del revólver—, cogió la pistola, la cargó introduciendo al azar los dos cartuchos en los orificios del tambor y lo hizo girar con la palma de la mano. Se oyó de nuevo, en el silencio de la sala, aquella risita afilada de siempre; el silencio no se vio perturbado por ninguna explosión y sobre las paredes encaladas no se abrió ninguna flor de sangre. El Ruletista se derrumbó en brazos de los que ocupaban las primeras filas, arrastrando los vasos en su caída y haciendo rodar los montoncitos de monedas que atestaban aquellas mesas improvisadas. Lloré entonces como un niño, de emoción y de desesperación, ya que había apostado una suma inmensa y la había perdido, como todos los que rabiaban al comprobar que era evidente que el Ruletista tenía una suerte monstruosa. Salimos de aquella madriguera serpenteante en grupos pequeños, como de costumbre y, en medio de la noche, en el silencio de aquel barrio de las afueras, nos sentimos a lo largo del camino como dirigidos por una mirada diluida en todo lo que nos rodeaba, en la capa deslumbrante, fluorescente, de la nieve que lo cubría todo, en los escaparates adornados con abetos y estrellas de papel de plata, en los escasos transeúntes cargados de paquetes y de niños arrebujados en sus bufandas hasta la nariz y la boca. Alguna que otra mujer, con el rostro enrojecido por el frío y tiritando dentro de su abrigo de piel, arrastraba a su novio o a su esposo hasta los escaparates de botas y pañuelos que arrojaban sobre sus rostros unos reflejos turquesas, azules, violetas. El camino a mi casa pasaba junto a un parque infantil; allí, todo un pueblo de chiquillos churretosos por culpa de las piruletas se detenía absorto ante las casetas de venta de limonada y pasteles. Un padre bien abrigado, que arrastraba por la pista un trineo ocupado por su hija, me guiñó el ojo. Era un patrón al que conocía de otra ruleta. De repente me sentí fatal.

Naturalmente, me prometía a mí mismo una y otra vez que tenía que abandonar el mundo de la ruleta. Pero en aquella época publicaba dos o tres libros al año y disfrutaba de ese éxito que suele preceder a un largo silencio primero y al olvido después. Recuperaba con cada libro lo que había perdido en la ruleta y volvía a hundirme allí, bajo tierra, donde, al parecer, un presentimiento de nuestra carne y de nuestro esqueleto nos atrae mientras estamos vivos. Lo que más me sorprende ahora es el contenido «idealista», «delicado» de aquellos libros, el *d'annunzianismo* nauseabundo en que me regodeaba. Meditaciones nobles, gestos principescos, bordados de seda, *mots d'esprit* rutilantes y un narrador sabio, omnisciente, que hacía, con la sustancia insustancial de sus historias, miles de malabarismos primorosos. Cuando entré en la conspiración de la ruleta, era imposible que no me golpearan inmediatamente, como una ola cada vez más impetuosa, más exaltada, las noticias sobre las nuevas reglas del juego impuestas tácitamente por la personalidad arrolladora del Ruletista. Después de repetir un par de veces más la ruleta con dos proyectiles, se hizo inmensamente rico y participaba como accionista en varios sectores de la industria del país. La idea de la ruleta como vulgar negocio, como fuente de ingresos o de riqueza, era simplemente absurda. Por otra parte, sus cuotas tendían a la baja a pesar de los fanáticos que se arruinaban al empeñarse en apostar contra él. Con un simple gesto del Ruletista, todo el sistema de apuestas se había derrumbado. Ahora era de mal gusto organizar vulgares ruletas en las que un pobre vagabundo se llevara la pistola a la sien. Ya no quedaban patrones ni accionistas, y el único que organizaba partidas de ruleta era el propio Ruletista. Pero todo se había transformado en un mero espectáculo con entradas en lugar de apuestas; un espectáculo con un solo actor que, de vez en cuando, como un gladiador en la arena, se enfrentaba al destino. Las salas alquiladas eran cada vez más espaciosas. Se renunció por completo a la tradición de las ratoneras, al olor a sangre y a estiércol, a los nombres de resonancias rembrandtianas. Hasta el sótano se hacían llevar ahora pesadas telas de seda de un brillo untuoso, se colocaban copas de fino cristal sobre unas mesas hundidas bajo oleadas de bordados holandeses, había muebles con repujados florales y candelabros con cientos de prismas y colgantes de cuarzo. En lugar de cervezas vulgares, se escanciaban ahora bebidas finas de unas botellas de formas raras. Mujeres vestidas de noche se dejaban guiar hasta las mesas y desde allí contemplaban con curiosidad el escenario, donde por el momento actuaba una orquesta de la que sobresalían, por todas partes, los embudos dorados de las trompetas, los cuellos curvos de los saxofones y los tallos graciosos, en continuo movimiento, de los trombones. Creo que ese aspecto presentaba también la estancia en la que el Ruletista se decidió a cargar el revólver con *tres* cartuchos. Ahora tenía exactamente tantas posibilidades de sobrevivir como de jugar por última vez a ese juego demente. Porque el nuevo ambiente, el lujo ostentoso que envolvía como una crisálida el insecto terrorífico de la ruleta, no hacía más que incrementar la excitación de los espectadores ante el olor de la muerte. Todo era, por lo demás, absolutamente real. Es cierto que el Ruletista se peinaba con brillantina, que vestía esmoquin y los pantalones anchos de la época, pero el revólver era de verdad y las balas eran reales, y la posibilidad del tan esperado «accidente» era mayor que nunca. El arma pasó de nuevo por todas las manos dejando en los dedos un delicado olor a aceite. Ni las señoras más refinadas de la sala se cubrían los ojos; en ellos se leía el perverso deseo de ver con sus propios ojos lo que algunas conocían solo de oídas: el cráneo reventado como una cáscara de huevo y esa sustancia ambigua, líquida, del cerebro salpicando sus vestidos. Por mi parte, siempre me ha estremecido el deseo femenino de acercarse a la muerte, su fascinación por los hombres que huelen a pólvora de forma casi metafísica. El increíble éxito que tenía entre las mujeres aquel chimpancé estúpido y apergaminado que de vez en cuando ponía en peligro su propia vida, debía de tener su origen ahí. Creo que aquellas mujeres nunca habrían amado con más pasión que después de haber asistido a su muerte: habrían llegado a casa con sus amantes y se habrían arrancado los vestidos ensangrentados, manchados de pegotes de una sustancia cenicienta y de líquido ocular. Pero el Ruletista subió al cajón cubierto por un tisú rojo, se llevó la pistola a la sien y, con la misma expresión de pánico paroxístico en su rostro, apretó el gatillo. Luego, en medio de aquel silencio que paralizaba todo durante unos segundos, se oyó tan solo el golpe sordo de su cuerpo contra el suelo. Tras unos días de delirio en el hospital, el Ruletista volvió a su vida cotidiana. Me cuesta olvidar su rostro torturado mientras yacía boca arriba sobre la alfombra de Buhara colocada a los pies del cajón. En otra época, los ruletistas que se salvaban eran abucheados, algunas veces llegaban incluso a ser golpeados por los desesperados accionistas; ahora, en cambio, aplaudían a mi amigo como a una gran estrella de cine y rodeaban con veneración su cuerpo inconsciente. Las jóvenes se apiñaban en torno a él llorando histéricas y eran felices si conseguían tocarlo.

Aquella ruleta con tres cartuchos lubricados en el interior del tambor se confunde en mi cabeza con las que siguieron después. Era como si la soberbia diabólica del Ruletista lo arrastrara cada vez con más fuerza a provocar a los dioses del azar. Pronto anunció una ruleta con cuatro cartuchos clavados en los alvéolos del tambor y, más adelante, con cinco. ¡Un solo orificio vacío, una única posibilidad, entre seis, de sobrevivir! El juego ya no era un simple juego e incluso el más superficial de los asistentes que ocupaban ahora los sofás de terciopelo podía sentir, no con la cabeza, ni con el corazón, sino en los huesos, en las articulaciones y los nervios, la grandeza teológica que había adquirido la ruleta. Después de que el Ruletista cargara el arma e hiciera girar el tambor, provocando de nuevo la risita entrecortada de metal negro, bien lubricado, la pieza pesada y hexagonal de los cartuchos detuvo su único agujero ante el cañón. El clic del gatillo, que sonó seco, y la caída del Ruletista fueron envueltos por un silencio sagrado.

Sentado ante mi escritorio, me cubro con una manta y, sin embargo, tengo un frío espantoso. Mientras escribía estas líneas, mi habitación, mi cripta, ha viajado a tanta velocidad a través de la neblina negra exterior que me siento mareado. He dado vueltas y más vueltas en la cama durante toda la noche, soy un saco de huesos empañados por la transpiración. Fuera no hay nada, nunca. Por mucho que avances en cualquier dirección, hasta el infinito, solo encuentras esta niebla negra y densa, sólida como la pez. El Ruletista es mi apuesta y debería ser el trocito de masa en torno al cual podría volver a crecer el pan ligero del mundo. En caso contrario, todo, si es que existe un todo, es plano como una torta. Pero si ha existido, y lo ha hecho —ahí está mi apuesta—, entonces el mundo existe y yo no me veré obligado a cerrar los ojos ni tampoco, con la piel arrugada pegada a los huesos y la carne por fuera como un abrigo de sangre, a avanzar así por toda la eternidad. Con esta historia me fabrico un acuario, el más mísero, porque no me interesa un acuario ornamental en el que él y yo, garantía cada uno de la realidad del otro, intentemos sobrevivir como dos peces semitransparentes, con los latidos del corazón visibles, arrastrando a nuestro paso un fino hilillo de excrementos. Me horroriza la idea de que el acuario tenga agujeros. Por Dios, tengo que hacer un esfuerzo, aunque ya no siento la columna…

Durante muchos años el Ruletista se aferró a su ángel de la guarda, luchando por hacerlo bajar y arrastrándolo consigo a todas partes. Llegó así la noche en que lo agarró del cuello con ambas manos y, haciendo acopio de todas sus fuerzas, le miró directamente a los ojos. Pero el Señor, hacia la mañana, lo arruinó y le cambió de nombre… Aquella última velada de ruleta, prácticamente toda la elite de la ciudad se había congregado en la gigantesca sala refrigerada situada en los sótanos del matadero. La decoración de la misma podía resultar chocante a aquellos que se habían acostumbrado al lujo ostentoso de las salas anteriores, más propio de advenedizos. No sé si la intuición de alguien o una reminiscencia del *à rebours* nos había conducido a aquel híbrido nostálgico, a aquella mezcla en cierto modo perversa de promiscuidad y refinamiento, cuyo efecto era mucho más poderoso que el del fasto de unos meses atrás. A primera vista, excepto por las dimensiones de la sala, tenías la impresión de encontrarte en una de aquellas cavas miserables de los tiempos «prehistóricos» de la ruleta. Las paredes estaban llenas de dibujos obscenos y de inscripciones grabadas o toscamente trazadas con carboncillo, pero un ojo avisado no podía dejar de observar desde un primer momento el refinamiento estético, el trazo gráfico coherente y emocionante de un gran artista, cuyo nombre, por motivos evidentes, prefiero no recordar. Las mesitas de maderas preciosas y estuco dorado imitaban los barriles de arenques en torno a los cuales se colocaban los accionistas de otra época. Las jarras de cristal imitaban el aspecto primitivo de las de vidrio barato, incluso sus reflejos verdosos y sus mellas artificiales. Las pantallas sombrías esparcían una luz mórbida, como de antorcha de sebo, mezclada con oleadas de humo —azulado como el de los puros de antaño pero perfumado ahora con almizcle— que despertaban un sentimiento delicado, nostálgico. Sobre el escenario de la sala había una caja de naranjas auténticas, acarreadas desde el puerto, con las inscripciones de una empresa árabe. En la habitación, atraídos por la apuesta fantástica de aquella velada, podías reconocer, ataviados con sus chilabas blancas, a varios magnates del petróleo, a estrellas de cine y cantantes de moda, a industriales con la pechera almidonada y un clavel en el ojal. Todos habían aceptado, en la entrada, que les taparan los ojos con un pañuelo que no podrían quitarse hasta llegar a la sala. Yo mismo era —lo digo con tanto disgusto que no puedo ser acusado de falta de modestia— una especie de *vedette* que atraía todas las miradas, incluso las de los que se encontraban junto a mí aquella noche. Nunca se había hecho tanta publicidad de mis libros, que eran cada vez más gruesos y más de su gusto: nobles, sí, ante todo nobles. Generosos, ante todo generosos. Así sonaba la justificación del jurado cuando me concedieron el Premio Nacional: «Por la humanidad noble y generosa de sus libros, por el pleno dominio del lenguaje expresivo».

Cuando el Ruletista apareció en la sala vestido con unos extravagantes jirones de tela que imitaban, con buen gusto, sus harapos, y cuando el propietario de la sala, disfrazado de patrón, abrió la caja que llevaba bajo el brazo y presentó ante el público un Winchester (que pertenece ahora a una colección particular) de puño de marfil y cañón reluciente, se nos cortó la respiración. No podíamos creer que fuera cierto lo que estaba a punto de suceder. ¡Porque el Ruletista había anunciado unas semanas antes que en la próxima ruleta cargaría el revólver *con las seis balas*! Entre la evolución de un cartucho a cinco —por muy inverosímil que fuera también esta— y la locura de ahora se abría el abismo entre una posibilidad o ninguna. La pizca de cordura que el Ruletista había conservado en sus experimentos se evaporaba ahora bajo el millón de esporas de la certeza. El examen de los cartuchos y del revólver nos llevó horas. Cuando se los devolvieron, el Ruletista, subido en su cajón, los agitó un instante en el puño como si fueran dados y luego los introdujo, uno a uno, en los agujeros del tambor. Con un movimiento brusco de la mano, lo hizo girar. «Es inútil», recuerdo que susurró alguien a mi lado. En medio de un silencio aterrador, se oía con claridad la risita dentada que emitía el tambor al girar. Temblando, con el rostro convulso, con esa mirada de pánico que solo tienen los que agonizan, se llevó la pistola a la sien. La gente se puso en pie.

Yo lo miraba con tanta concentración que sentía cómo se me hinchaban las venas de las sienes. Veía cómo se elevaba despacio, tembloroso, el gatillo del revólver. Y de repente, como si aquella vibración se hubiera extendido por toda la sala, sentí que el suelo bajo mis pies se hundía. Volví a ver cómo el Ruletista caía del cajón y cómo el revólver se descargaba con un estallido apocalíptico. Pero el aire estaba ya saturado por un rugido sordo, hendido por los gritos de las mujeres y por el crujido de las botellas hechas añicos. Atenazados por el pánico al espacio cerrado, nos pisoteamos unos a otros mientras nos atropellábamos por salir cuanto antes. Las sacudidas duraron unos cuantos minutos y transformaron calles enteras en montones de escombros y de hierros retorcidos. Justamente en la entrada, un tranvía había descarrilado, se había empotrado contra el escaparate de una tienda de muebles y había destrozado los cristales. Una hora más tarde, el terremoto se repitió, aunque esta vez de forma más débil. ¿Quién tuvo el valor suficiente para entrar en su casa aquella noche? Vagamos por las calles hasta que la niebla del alba clareó el horizonte y el polvo de los edificios derrumbados se posó en el asfalto. Apenas entonces recordé que el Ruletista se habría quedado probablemente abandonado allí, en el sótano del mercado, y volví para ver si seguía vivo. Lo encontré tendido en el suelo, al cuidado de unos cuantos individuos. Tenía una pierna dislocada a la altura de la cadera y gemía de dolor. A su lado estaba aún el revólver, que olía a pólvora y que tenía solo cinco balas en el tambor. La sexta había dejado un agujero negruzco en una de las paredes de la habitación, cerca del techo. Paré un coche que pasaba por la calle y llevé a mi amigo de la infancia al hospital. Se repuso rápidamente pero cojeó durante el año que le quedaba de vida. Esa noche fue el entierro de la ruleta, que se borró de la mente de todos tal y como olvidamos, habitualmente, cualquier cosa que hayamos realizado a la perfección. Las generaciones más jóvenes, las que vinieron después de la guerra, no han conocido ya semejantes Misterios. Yo me limito a dejar testimonio —pero para ti, nadie; para ti, nada.

Desde la noche del terremoto, el Ruletista se sumergió en unos barrios de dudosa reputación y dejó a su paso, como de costumbre, una cadena de escándalos apenas encubiertos. Al parecer, nunca más volvió a pensar en la ruleta.

Ya no puedo escribir siquiera una página al día. Me duelen constantemente las piernas y las vértebras. Me duelen los dedos, los oídos, la piel de la cara. ¿Qué habrá, qué existirá después de la muerte? ¡Me gustaría creer, cuánto me gustaría hacerlo! Creer que allí se abrirá una vida nueva, que nuestra situación actual es larvaria, un compás de espera. Que el yo, puesto que existe, debe encontrar una forma de asegurar su permanencia. Que me convertiré en otra cosa infinitamente más compleja. De lo contrario es absurdo, y no encuentro espacio para lo absurdo en el proyecto del mundo. Miles de millones de galaxias, campos imperceptibles, en fin, este universo que rodea mi cabeza como un aura no podría existir si yo no tuviera que conocerlo en su totalidad, poseerlo, ser él. Esta noche, acurrucado bajo mi edredón, he tenido una especie de visión. Acababa de nacer de un vientre alargado, sangriento, indeciblemente obsceno, que me había expulsado con un movimiento rotatorio. A una velocidad infinita, dejando atrás restos de lágrimas, linfa y sangre, me adentraba en la oscuridad. Y de repente, en el borde de la noche, se planta ante mi cara un inmenso Dios de luz, tan gigante que no cabía en mis sentimientos ni en mi entendimiento. Me dirigía hacia su enorme pecho y los rasgos de su severo rostro escapaban hacia arriba y se combaban en el límite de mi campo visual. Poco después no veía más que la gran luz amarilla de su pecho; lo he atravesado rodando y, tras una travesía infinita a través de su carne de fuego, he salido por su espalda. Al mirar atrás, mientras ascendía volando, he visto al colosal Jehová derrumbarse boca abajo hacia la derecha. Ha ido disminuyendo poco a poco hasta desaparecer, y yo me encontraba de nuevo solo en aquella noche sin límites. Al cabo de un tiempo imposible de calcular (pero que yo calificaría de eternidad), en el margen de mi campo visual se eleva otro Dios enorme, idéntico al primero. He atravesado también a este y he seguido adentrándome en el vacío. Luego, tras una eternidad, ha aparecido otro. La hilera de Dioses, al mirar hacia atrás, iba en aumento. Eran cientos, luego miles, se derrumbaban boca abajo, unas veces hacia la derecha y otras hacia la izquierda, como si fueran los dientes de una gigantesca cremallera de fuego. Y al abrir la cremallera en mi vuelo, he desvelado el pecho del Dios verdadero, un *raccourci* más grandioso que cualquier otra cosa de este mundo. Al darme la vuelta, carbonizado por su luz, me he elevado tan alto por encima de él, que me ha sido concedido poder verlo en su integridad. ¡Qué hermoso era! Su torso peludo, como de toro, tenía senos de mujer. Su rostro era joven, coronado por la llamarada de una melena peinada en miles de trenzas; las caderas, anchas, cobijaban su poderoso miembro viril. Todo él, de la cabeza a los pies, era solo luz. Tenía los ojos entreabiertos, sonreía de forma extática y triste, y justo a la altura del corazón, bajo el seno izquierdo, asomaba una herida terrible. Entre los dedos de la mano derecha sujetaba, con un gesto indeciblemente gracioso, una rosa roja. Flotaba así, tumbado, en un espacio que se esforzaba por abarcarlo, pero que parecía absorbido, abarcado por él… Me he despertado entre los muebles fríos de mi habitación, con un sollozo seco, senil. He querido destruir estas páginas que he ido amontonando aquí con tanta inconsciencia. Pero, ¿qué puede hacer un hombre que ha dedicado toda su vida a escribir literatura? ¿Cómo puedes abandonar los arcanos del estilo? ¿Cómo, con qué instrumentos puedes exponer en una página un testimonio puro, libre de la cárcel de las convenciones artísticas? Tengo que asumirlo y tener el valor de reconocerlo: de ninguna manera. Lo he sabido desde el principio, pero, con la astucia de un animal acosado, he ocultado mi juego, mi postura, mi apuesta, a tus miradas. Porque, finalmente, he apostado únicamente por la literatura. He seguido, en mi razonamiento masoquista, pascaliano, precisamente aquello que parecía estar en mi contra. He aquí todo mi razonamiento, eso que me hace llevar hasta el final (solo yo sé con cuánto esfuerzo) esta «historia»: *he conocido al Ruletista*. Eso no puedo ponerlo en duda. A pesar del hecho de que era imposible que él existiera, lo cierto es que ha existido. Pero hay un lugar en el mundo donde lo imposible es posible, se trata de la ficción, es decir, la literatura. Allí las leyes del cálculo de probabilidades pueden ser infringidas, allí puede aparecer un hombre más poderoso que el azar. El Ruletista no podía vivir en el mundo, lo cual es en cierto modo una forma de decir que el mundo en el que él vivía era ficticio, que era literatura. No tengo ninguna duda, el Ruletista es un personaje. Pero entonces yo también soy un personaje y aquí no puedo evitar mostrarme exultante de alegría. Porque los personajes no mueren jamás, viven siempre que su mundo es «leído». Aunque jamás consiga besar a su amada, el pastor pintado en una urna griega sabe al menos que la va a contemplar eternamente. Esta es mi apuesta y mi esperanza. Espero con toda mi alma —y tengo un argumento poderoso: el Ruletista— ser el personaje de un relato y, aunque tengo ochenta años, no morir nunca porque, de hecho, no he vivido nunca. Quizá no viva dentro de una historia importante, quizá sea tan solo un personaje secundario pero, para un hombre que afronta el final de su vida, cualquier perspectiva es preferible a la de desaparecer para siempre.

Por lo que a la fantástica fortuna del Ruletista respecta, se han lanzado cientos de suposiciones. ¿Qué otra cosa puedo hacer que añadir otra, acaso más real o, al menos, más coherente que las demás? Conociendo al Ruletista desde niño, sé que, de hecho, no ha sido la suerte sino, por el contrario, la más negra de las suertes, una mala suerte sobrenatural diría yo, la que siempre lo había caracterizado. Nunca experimentó la alegría de ganar siquiera el más pueril de los juegos en que interviniera el azar. Desde las canicas hasta las carreras de caballos, desde el lanzamiento de herraduras contra una estaca hasta el póquer, el destino parecía seguirlo como a un bufón, parecía contemplarlo con una mirada siempre irónica. La ruleta fue su gran oportunidad y es sorprendente que ese hombre, dotado de un pensamiento tan rudimentario, tuviera sin embargo la astucia de sacar provecho del único punto por donde podía atravesar, como un escorpión, la coraza del destino, y transformar la sempiterna burla en un triunfo eterno. ¿De qué manera? Ahora la respuesta me parece simple; primitiva pero, al mismo tiempo, genialmente simple: *el Ruletista apostaba contra sí mismo.* Cuando se llevaba la pistola a la sien, él se desdoblaba. Su voluntad se volvía en su contra y lo condenaba a muerte. Estaba firmemente convencido, cada una de las veces, de que iba a morir. De ahí, creo, esa expresión de pánico infinito que afloraba en su rostro. Pero puesto que su mala suerte era absoluta, lo único que podía hacer era fracasar siempre en todos y cada uno de sus intentos de suicidarse. Quizá esta explicación sea una tontería pero, como decía, me resulta imposible considerar otra que se pueda sostener de modo verosímil. Por lo demás, ahora ninguna de ellas tiene ya importancia...

Estoy agotado. Hago un ímprobo esfuerzo por escribir una página más. Será la última, porque los dados están lanzados y el acuario ya está listo. Tengo que cerrar la última fisura por donde escapa el agua; luego permaneceré durante largo tiempo inmóvil junto a él. Únicamente nuestras colas y nuestras aletas palpitarán de vez en cuando. Espero ese momento con tanta ansiedad que apenas me queda paciencia para referir hasta el final la historia del Ruletista. La muerte le llegó rápido, después de la ruleta de seis cartuchos a la que había sobrevivido de forma increíble. Poco menos de un año más tarde, al volver de la taberna en una mañana lechosa, fue bruscamente empujado hacia un callejón promiscuo. Un adolescente que no llegaba a los dieciséis años le puso un revólver en la sien y le pidió el dinero. Mi amigo fue encontrado muerto junto al revólver unas horas más tarde; el pobre chaval no había borrado siquiera sus huellas. El cadáver no tenía señales de violencia, y el análisis médico constató que la muerte la había provocado un ataque al corazón. Por otra parte, en el interior del revólver, que no había sido disparado, no se encontró ningún cartucho. El joven fue localizado aquel mismo día, escondido en casa de unos amigos, y se aclaró todo. Su intención había sido simplemente la de atracarlo. La pistola estaba descargada y la había utilizado solo para intimidarle. Pero el borracho al que había atacado sufrió una crisis de pánico y se desplomó pesadamente en el suelo; el chico perdió la cabeza, arrojó el revólver al suelo y salió corriendo. Puesto que no tenía amigos y nadie parecía conocerlo (yo mismo permanecí escondido unos cuantos días, hasta que todo hubo pasado), el Ruletista fue enterrado de prisa, con una cruz sencilla, de madera, en la cabecera de la tumba.

Así cierro yo también mi cruz y mi mortaja de palabras, bajo las que esperaré hasta mi resurrección, como Lázaro, cuando oiga tu voz clara y poderosa, lector. Concluyo, para que la losa tenga un epitafio y se cierre el círculo, con esos versos de Eliot que tanto me gustan:

Concede el consuelo de Israel
A uno que tiene ochenta años y no tiene mañana.

Esta edición de *El Ruletista,* de Mircea Cărtărescu,
terminó de imprimirse el día 30 de mayo de 2025
en los talleres de la imprenta Kadmos, en Salamanca,
sobre papel Coral Book Ivory de 100 g
y tipografía Adobe Garamond Pro de 11,8 pt.